शहर के शोर से जुदा

ये तेरा ताज नहीं है हमारी पगड़ी है
ये सर के साथ ही उतरेगी सर का हिस्सा है

ख़ुशबीर सिंह 'शाद' की अन्य किताबें

शहर के शोर से जुदा

ख़ुशबीर सिंह 'शाद'

लिप्यंतरण
पराग अग्रवाल

पहला संस्करण : 2020

ISBN : 978-81-933238-1-6

Anybook, Cottage 45, 1st Floor,
Shipra Suncity, Indirapuram,
Ghaziabad-201014, U.P.
Cell : 9971698930
E-mail   contactanybook@gmail.com
Website www.anybook.org

शहर के शोर से जुदा : ख़ुशबीर सिंह 'शाद'

Shehar Ke Shor Se Juda
A poetry collection by Khushbir Singh 'Shaad'

लिप्यंतरण : पराग अग्रवाल

आवरण एवम् पुस्तक सज्जा : रेमाधव आर्ट्स

इंतेसाब

मेरे ख़ाब की ताबीर
मनन
के नाम

शाद कलामे-ख़ामुशी से
तन्हाई-अफ़रोज़ी तक

ख़ुशबीर से ज़ाती और मा'नवी मुलाक़ात को अभी कुछ ज़ियादा अरसा नहीं हुआ। यही कोई छः सात साल पहले दिल्ली में फ़सीह अकमल क़ादरी साहब के घर उनसे रूबरूई हुई कि ये नशिस्त उनके एजाज़ में थी, जहाँ मैं भी मदुअ था उससे पहले ख़ुशबीर को न कभी सुना था न देखा था कि इन दिनों मुझ पर शेरो-शायरी से बेज़ारी का दौरा, जो अक्सर पड़ जाता है, पड़ा हुआ था।

उस नशिस्त में भी मेरी हाज़िरी मजबूरन और बतौर इम्तेसाले-अमर ही ज़ियादा थी, मगर महफ़िल में पहुँचते ही उस शख़्स ने जाने किस निगाह से, जिसे उसके ज़ेरे-लब तबस्सुम ने कुछ और भी रम्ज़अन्दाज़ और करिश्माकार कर दिया था, देखा कि वही हुआ जो अक्सर मुहब्बत होने से पहले होता है। ज़ाहिर है कि वो निगाह मुझे उचक ले गयी थी और तब से आज तक उसी निगाह से बंधा चला आता हूँ। बाद में ख़ुशबीर ने शेर सुनाये जो अच्छे लगे मगर उस वक़्त शेरों से ज़ियादा वो ख़ुद अच्छे लगे कि कुछ देर तक साथ रहने के बाद उनकी ज़ात की तरफ़ से एक ऐसी बादे-सबा जारी हुई जो मेरे मुशामे-जाँ में सरायत कर गयी, और ये बादे-सबा आज तक यूँ ही जारी है।

पहली मुलाक़ात के बाद से अब तक कई बार सफ़रो-हज़र में ख़ुशबीर के साथ रहने का मौक़ा मिला है और ऐसे हर मौक़े ने हमारे तअल्लुक़ की आज़माइश की है जिससे हम दोनों ही सुर्ख़रु निकले

हैं। मैंने अपने तौर पर ज़ाती तअल्लुक़ की परख का ये पैमाना ठहरा रक्खा है कि तअल्लुक़ वही पाएदार है जो गहरी चुप्पियों को अंगेज़ कर सके, सो हमारी इन यकजाइयों के दौरान भी यही हुआ कि हमारी ज़बानें और हाज़िरियां कम और बेनवाइयां और गुमशुदगियां ज़ियादा हमकलाम होती रहीं। ऐसा जब भी होता है बाहमी तअल्लुक़, ज़ाहिरी और बैरूनी ताईदो-हिमायत और गवाही से बेनियाज़ हो कि ख़ुदगज़ीं और ख़ुदफ़रोग़ हो जाता है।

ख़ुशबीर को क़रीब से देखने का फ़ायदा ये हुआ कि मुझ पर उनकी गुमशुदगी और दुनियागुरेज़ी ज़ाहिर हो गयी, वरना मुमकिन था कि उन्हें मुशायरों में आता जाता देखकर मैं उनके बारे में कुछ और फ़र्ज़ कर लेता, जो बिला शुब्ह ग़लत होता। दौरे-हाज़िर में हमारी शायरी जिस बुरी तरह छिनालपन की शिकार हुई है और बेशतर शायर (नाशायर) जिस फ़हश अंदाज़ से पेशावरी में मुब्तला हैं, उसके पेशे-नज़र शायर की शिनाख़्त इसके सिवा और किसी तरह मुमकिन नहीं कि उसका चेहरा अपने अन्दर की तरफ़ घूमा हुआ हो। हाज़िरी में भी ग़ायब नज़र आये, मौजूदगी में नामौजूद रहे और ग़ैरों के साथ देर तक रह जाने पर सबसे बेज़ार हो जाएं और बोलते -बोलते अचानक चुप की चादर ओढ़ ले, और फिर ये कि वो शायरी के सिवा और कुछ भी करने का अहल न हो।

ख़ुशबीर इनमे से बेशतर शर्तें पूरी करते हैं और ये बात तो बिलकुल साबित शुदा है कि शायरी के सिवा और कुछ नहीं कर सकते गुज़र बसर के लिए उन्होंने ये कुछ और करके देख लिया और फिर उसे बंद करके बैठ गए अब वो कुल वक़्ती शायर हैं ये एक इनायते-ख़ास है जो सब पर नहीं होती उसका समरा तख़्लिए की वो

हालत है जहाँ ज़ात इंसानी तसव्वुफ़ की इस्तेलाह में तमाम मासिवा से पाक और महफूज़ हो जाती है और क़ल्ब का आइना अपने तमाम गर्दो-गुबार छाड़कर तजल्लियात के नुज़ूल का मुन्तज़िर और मुश्ताक़ हो रहता है।

ख़ुशबीर ने बहुत शेर कहे हैं और उनके बहुत से शेर मक़बूल भी हुए हैं अवाम में भी और खवास में भी, उनके बेशतर अश़आर अपने वजूद की बुनियादें अपने अन्दर उस्तवार रखने के साथ ही बाहर की तरफ़ खुलते हैं, और इसीलिए उनमे तर्सील की बेपनाह सुरअत और सलाहियत होती है एक और हैरतअंगेज़ ख़ूबी ये है कि उनकी शायरी एक गहरी उदासी और महज़ूनी की कोख सी फोड़ती है मगर उनके लफ़्ज़ों का क़रीना और उनके इस्तेआरों का इंतेख़ाब और उनकी बाह्री तरतीबो-तरकीब उनके शेरों में पज़मुर्दगी की कैफ़ीयत पैदा नहीं होने होने देती, जैसा कि अभी अर्ज़ किया गया, शेर के बुनियादी वस्फ़ लफ़्ज़ और मआनी के दरमियान फ़ासला और वक़्फ़ा रखने से हत्तुल इमकान हमकनार होने के बावजूद ख़ुशबीर के बेशतर अश़आर पढ़ने या सुनने वाले पर इस तरह खुलते हैं जैसे कोई मानूस चेहरा अचानक किसी और शक्ल में सामने आ गया हो और हमनवाई का रिश्ता क़ायम कर लेता है।

ये एक ख़ास ख़ूबी है जो अपने तमामतर कमाल और जलालो-जमाल के साथ अठारवीं सदी के देहलवी शोअरा में पायी जाती है जिनमें ख़ुदा-ए-सुखन मीर तक़ी 'मीर' से लेकर मीर दर्द मीर मुहम्मदी बेदार, मीर सोज़, मीर असर और मीर हसन जैसे बहुत से बाकमाल अहले-सुखन शामिल हैं, ख़ुशबीर उसी राह पर चल पड़े हैं, जो एक बड़ी बात है मगर सफ़र तवील और पुरख़ार है जिसमें

क़दम-क़दम गुमराही का अंदेशा है, ये सूरते-हाल इस लिहाज़ से और भी अहम मालूम होती है कि उनके बहुत से हमअस्र और सुख़नी हमसफ़र जिन्होंने उनके साथ ही सफ़र आग़ाज़ किया था, अपनी ज़ात की तन्हाई और बातिन के तक़ाज़ों से अय्याराना समझौते करके शोहरततलबी और दीगर मफ़ादात हासिल के हिर्स में अवामी शोर-शराबे और आशोबे-तहसीन में ग़र्क़ हो चुके हैं ख़ुशबीर की ज़ेरे-नज़र किताबे-शेर उनके शेरी सफ़र के एक निहायत अहम मरहले से इबारत है कि इसमें जगह-जगह ज़ाहिर और बातिन, ज़ात और ज़माना, महफ़िल और तन्हाई, ख़ामोशी और गोयाई के दरमियान कशाकश एक गहरी दुरूंबीनी और अफ़्सुर्दगी के पैराए में इज़हार पाती है।

मुझे अच्छे नहीं लगते ये ख़दो-ख़ाल मेरे
मैं इस चेहरे में इक बेचेहरगी का मुन्तज़िर हूँ

ये क्या मामूल है अब ख़ुद से रोज़ो-शब् उलझना
बिखर जाना किसी लम्हे किसी साअत सिमटना

किसी के बस में नहीं था कि आग से खेले
मिरे क़रीब कोई मेरे इक सिवा न गया

सुकूते-शब् में जो ये शाद मैं ख़ामोश बैठा हूँ
लगा हूँ ख़ामुशी को हमनवा करने की कोशिश में

उदासी मेरे अन्दर की कहीं बरहम न हो जाए
अगर हँसता भी हूँ तो चश्मे-तर से मश्वरा करके

उसी उसअत से जिसके पार जाना ग़ैरमुमकिन है
मैं आगे बढ़ गया हद्दे-नज़र से मश्वरा करके

शाद ये दुनिया अगर ग़ाफ़िल समझती है तुझे
बेख़बर तू भी गुज़र जा कोई हुशियारी न कर

ये और इसी तरह के बहुत से शेर, जो इस मज्मूए में जाबजा नज़र आते हैं, ख़ुशबीर में जारी अपने अन्दर उलट और पलट जाने के उस कीमियाई अमल के ग़म्माज़ हैं जिसका समरा शदीद तर और सुर्ख़रू होने की सूरत में एक ज़ात अफ़रोज़ और बातिनफ़रोग़ रूहानी अमल में जारी होगा। इस किताब के शेरी पैकर ख़ुशबीर सिंह शाद के सफ़रे-ज़ात की उन जौलानगाहों और महशर सतानों की ख़बर देते हैं जहाँ उनका वज्दाने-शेर और शऊरी इदराक हिन्दुस्तान की उस सर्वतमन्द रूहानी रवायत के अनवार से जिला हासिल करता नज़र आता है जिसमें उनके अपने वजूद के बहुत क़रीब से गुज़रने वाले रूहानी सरचश्मे को कलीदी हैसियत हासिल है। ख़ुशबीर की शायरी तलाशो-इज़हारे-ज़ात के साथ-साथ ग़ैर ज़ात की जुस्तजू और उसके जिलौ में लाज़ात के सरचश्मों तक रसाई की जो सूरते पैदा कर रही है वो हमारी जहाने-शायरी के लिए

फ़रहत एहसास

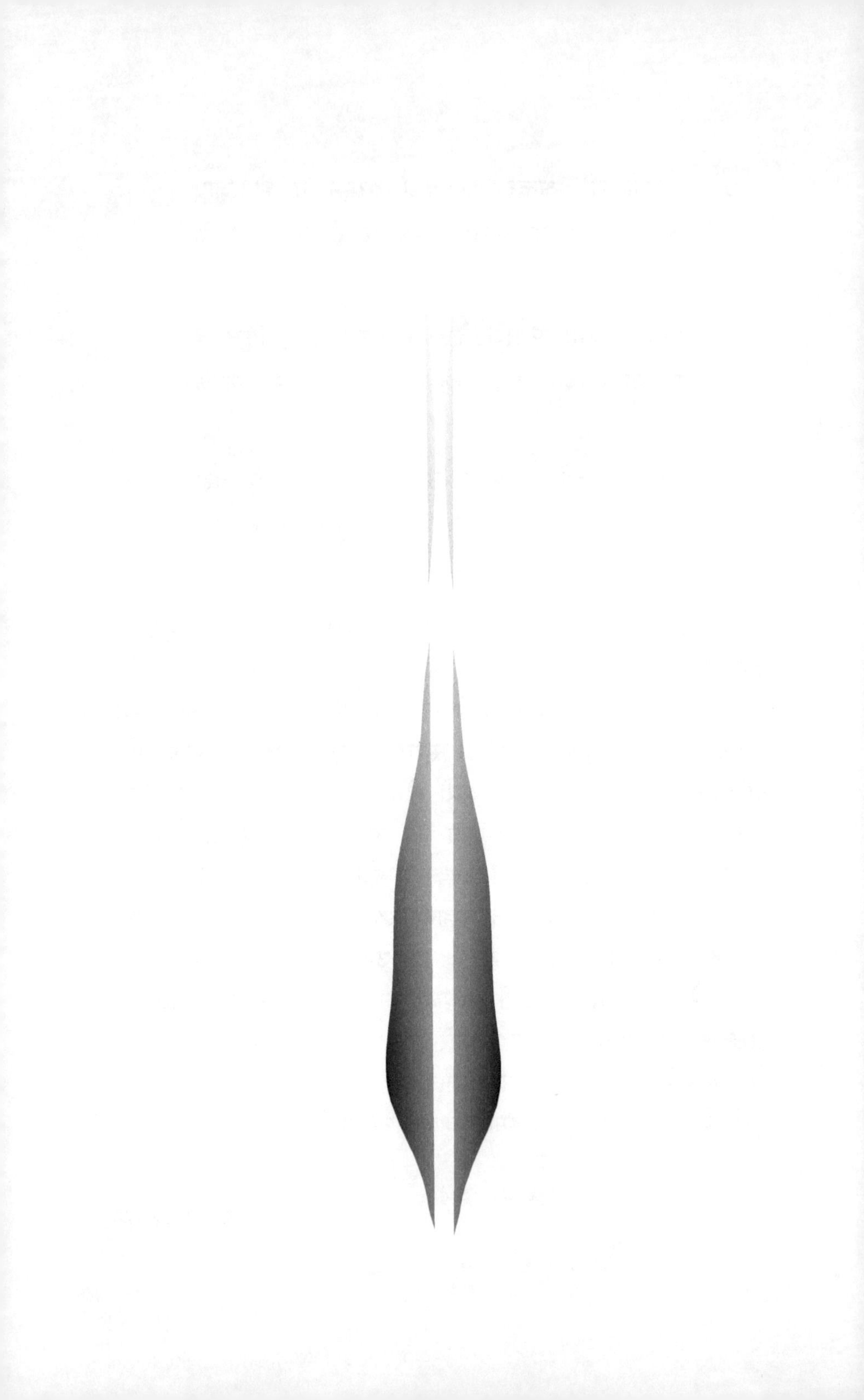

फ़ेहरिस्त

ग़ज़लें

अशआर

ग़ज़लें

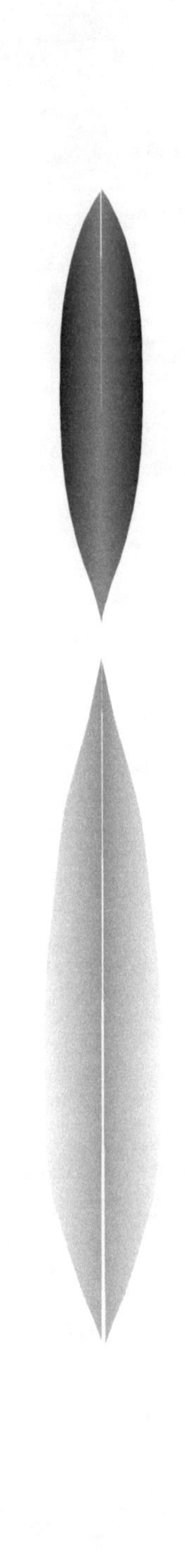

बस अपने ज़ोम की तशहीर कर रही है हवा
मैं उतना बिखरा नहीं जितना ले उड़ी है हवा

ये एहतराम मिरा क्यों है सब पता है मुझे
मुझे नहीं, मिरी ख़ुशबू को चाहती है हवा

मैं इसके साथ रहा हूँ कई बगूलों में
यूँ ही नहीं मिरी वहशत को मानती है हवा

बताओ कौन सा किरदार है पसंद तुम्हें
चराग़ आरिज़ी होते हैं,दायमी है हवा

उठा तो लायी मिरी गर्द अपने शानों पर
ये देखना है कहाँ अब उतारती है हवा

तुझे ख़बर ही नहीं है तिरी हिफ़ाज़त को
तमाम रात अंधेरों में जागती है हवा

जो टूटता सा तसलसुल है मेरी सांसों का
कहीं दयारे-बदन में ठहर गयी है हवा

ये बात शाद बहुत मुश्तरिक है दोनों में
मिरी ही तर्ह यहाँ ख़ाक छानती है हवा

हर नफ़स इक फ़िक्र सी बेताब रखती है मुझे
नींद के आलम में भी बेख़्वाब रखती है मुझे

एक मौजे-मेहरबाँ का मुझपे ये एहसान है
ख़ुद को गर्दिश में पसे-गिर्दाब रखती है मुझे

कल अंधेरों में थी बाहम देर तक ये गुफ़्तगू
कौन सी वो लौ है जो शबताब रखती है मुझे?

बस सदफ़ खुल जाए और फिर देख ले दुनिया तुझे
ख़ुशगुमानी में मिरी ये ताब रखती है मुझे

जज़्ब हो जाती है ख़ुद आँखों के रेगिस्तान में
ज़ाहिरा तो ये नदी सैराब रखती है मुझे

दर्द को अशआर में तब्दील कर लेता हूँ मैं
ये तरो-ताज़ा हवा शादाब रखती है मुझे

आस हर नक़्श में कुछ रंग सजाने लग जाय
ख़्वाब सोचें भी तो ताबीर सताने लग जाय

दस्तको खोलता हूँ मैं अभी दरवाज़ा-ए-दिल
दर्द आया है जो पहले वो ठिकाने लग जाय

अपनी मर्ज़ी से पलटती तो नहीं हैं आँखें
क्या करें जब कोई चेहरा ही बुलाने लग जाय

क्या बुरा है तिरी सूरत सी कोई सूरत हो
दिल कहीं और अगर तेरे बहाने लग जाय

मैं मिलता नहीं बस्ती में किसी से आँखें
फिर कोई अपनी कहानी न सुनाने लग जाय

'शाद' आँखें भी तरो-ताज़ा उठें वक़्ते-सहर
काश ये नींद किसी ख़्वाब के शाने लग जाय

समंदर में भी तू कब तक रहेगा
तुझे सूरज किसी दिन ले उड़ेगा

मैं ज़ाया हो रहा हूँ अपने हाथों
कोई नुक़सान मेरा क्यों भरेगा

अभी कुछ देर में चहकेंगी शाख़ें
अभी कुछ देर में ये दिन ढलेगा

बड़ी फुर्सत की है मेरी कहानी
तू उजलत में इसे कैसे सुनेगा

उसे क्यों बेतरह देखा है तूने
वो चेहरा आईने से क्या कहेगा

चलो पानी से बुझ जायेंगे शोले
मगर उनसे धुआँ भी तो उठेगा

जो मैंने तोड़ दी अपनी ख़मोशी
तू इतना शोर कैसे सुन सकेगा

तिरा ये साथ कितना ख़ुशनुमा है
मगर ये साथ भी कब तक रहेगा

इतनी वहशत है कि सौदाई हुए जाते हैं
हम वो तनहा हैं कि तन्हाई हुए जाते हैं

क्यों नहीं होती हैं मुनकिर मिरी आँखें इनसे
ये जो मंज़र मिरी बीनाई हुए जाते हैं

सर पे जलता हुआ सूरज है ज़मीं शोलों सी
हम तो ये सोच के सहराई हुए जाते हैं

देखते रहते हैं बदहाल तबीयत में हमें
अब तो अपने भी तमाशाई हुए जाते हैं

हमने देखा है कि इस शहे-तिलिस्मात में लोग
एक आवाज़ के शैदाई हुए जाते हैं

अब तो ये ज़हर भी पी लेते हैं तेरी ख़ातिर
ज़िन्दगी क्या तिरे सहबाई हुए जाते हैं

शाद जो झूट न तस्लीम कभी हमसे हुए
आज इस दौर की सच्चाई हुए जाते हैं

देख लो किन गर्दिशों में हमको ले आयें हैं ख़्वाब
तुमने जो ताबीर के धोके में दिखलाये हैं ख़्वाब

कुछ तो वो मानूस चेहरे भी थे हाइल रात भर
और कुछ देरीना यादों के भी उलझायें हैं ख़्वाब

फिर उमीदें बढ़ गयीं आँखों के रेगिस्तान की
आज फिर बादल की सूरत हर तरफ छायें हैं ख़्वाब

ये तो इक मामूल है ख़्वाबों ने बहलाया हमें
बारहा यूँ भी हुआ है हमने बहलायें हैं ख़्वाब

ख़ुश गुमाँ हैं जैसे आँखों पर हुकूमत हो गई
और अपनी इस अदा पर कितना इतरायें हैं ख़्वाब

देखना ये आबगीने टूट जायें ना कहीं
ख़्वाहिशों के शीशागर से हमने बनवायें हैं ख़्वाब

आज फिर किरचों की सूरत मुन्तशिर होना है 'शाद'
फिर हकीकत के मुक़ाबिल आज हम लायें हैं ख़्वाब

कोई इनकार सा मुझमे कहीं उठने लगा है
मिरा अब इन अक़ीदों से यक़ीं उठने लगा है

गुबारे-फ़िक्र पहले बेज़रर होता था लेकिन
ये लेकर साथ अब दिल की ज़मीं उठने लगा है

ये किन बुझते हुए सरकश चिराग़ों का धुआँ है
जहाँ ममनूअ था उठना वहीं उठने लगा है

वो जिन ख़ुशफ़हमियों में मुब्तला थे आज तक हम
वो पर्दा कुछ पलों में हमनशीं उठने लगा है

है दश्ते-आरज़ू कुछ और भी सूरत सफ़र की
मिरा तो इन सराबों से यक़ीं उठने लगा है

वो जो मामूल था उससे तबीयत कुछ अलग सी है
इधर कुछ दिन से मेरे दिल की हालत कुछ अलग सी है

खड़ा हूँ मैं भी इस सफ़ में, ज़रूरतमंद हूँ मैं भी
मगर ऐ ज़िंदगी मेरी ज़रुरत कुछ अलग सी है

न मैंने उससे कुछ माँगा न उसने मुझसे कुछ चाहा
तअल्लुक़ कुछ अलग सा है, मुहब्बत कुछ अलग सी है

कोई इबहाम भी पोशीदा है इज़हार में उसके
जो वाज़े तो हुआ लेकिन वज़ाहत कुछ अलग सी है

मुझे हैरतज़दा नज़रों से अक्सर देखता था ये
मगर इस बार आइने को हैरत कुछ अलग सी है

मुसल्लत ज़ेहनो-दिल पर है जो ये, बेचहरा ख़ामोशी
जुनूं है और न सौदा है, ये वेहशत कुछ अलग सी है

मिरी मायूस आँखों में, बुझे हैं ख़्वाब पहले भी
मगर इस बार इन आँखों की रंगत कुछ अलग सी है

मैं खुद को 'शाद' अपनी ज़ात में मसरूफ़ रखता हूँ
मैं फुर्सत में तो हूँ लेकिन ये फुर्सत कुछ अलग सी है

ये एक गहरी उदासी तिरे ख़याल के साथ
मिला उरूज भी मुझको तो किस ज़वाल के साथ

नहीं जवाब था दोनों के पास जिसका कोई
वो बात ख़त्म हुई फिर उसी सवाल के साथ

तू उसके कर्ब से वाकिफ़ कभी न हो पाया
जो एक हिज्र जिया है तिरे विसाल के साथ

जो ज़ेर करने चला था तुझे कभी दुनिया
मैं जी रहा हूँ उसी अज़्मे-पायमाल के साथ

ये मेरी बातनी सूरत से मुख़्तलिफ़ हैं मगर
निभा रहा हूँ किसी तौर ख़द्दो-ख़ाल के साथ

ये सराबों की नुमाइश है लुभाने के लिए
दश्त में आये हो क्यूँ प्यास बुझाने के लिए

ज़िंदगी दर्द से मुनकिर तो नहीं दिल फिर भी
कोई हद तय भी तो हो, बोझ उठाने के लिए

क्या ये तूफ़ान ज़रूरी थे समंदर तेरे
एक ख़्वाबीदा जज़ीरे को जगाने के लिए

फिर न तस्वीर से ख़ाके में बदल जाऊँ कहीं
धूप फिर आयी मिरे रंग उड़ाने के लिए

तुमने इक बात कही दिल पे क़यामत टूटी
इक शरर कम तो नहीं आग लगाने के लिए

मेरे बातिन से नहीं उसका तअल्लुक़ कोई
ये जो ज़ाहिर का तमाशा है ज़माने के लिए

शाद मैं ज़िक्र न करता तिरा तो क्या करता
एक किरदार तो लाज़िम था फ़साने के लिए

तिरे सितम भी सहे और मलाल भी न करे
ये ज़िंदगी कोई तुझसे सवाल भी न करे

ये देख तुझको बुलंदी ने क्या बना डाला
ये हाल काश किसी का ज़वाल भी न करे

फिर इसका हाल तिरे दिल सा क्यूँ न हो आख़िर
तू अपने घर की अगर देख भाल भी न करे

तू इसकी राह पे ख़ुद को बिछा चुका है तो फिर
ये वक़्त कैसे तुझे पायमाल भी न करे

वो एक सह मिरी ज़ात पर मुसल्लत है
कमाल ये है कि कोई कमाल भी न करे

मैं ऐसे आइने पे 'शाद' क्यूँ यकीं कर लूँ
जो मेरा पहले सा चेहरा बहाल भी न करे

जहाँ कहा मिरी आँखों ने मैं वहाँ ठहरा
मिरे लिए कोई मंज़र मगर कहाँ ठहरा

घिरा रहा मैं सदाओं से अपनी मंज़िल तक
तो ये सफ़र भी ख़मोशी का रायगाँ ठहरा

वहाँ की गर्द के पैरों तले ज़मीं ही नहीं
वो इक सितारा-ए-रौशन जहाँ जहाँ ठहरा

किसी दरख़्त का साया न छाँव बादल की
ये कैसी धूप में यादों का कारवाँ ठहरा

ठहर तो तू भी गया जाके अपनी मंज़िल पर
ग़लत है क्या जो सफ़र के दरमियाँ ठहरा

तू इस हसद से भला देखता है क्या मुझको
मैं एक अब्र का टुकड़ा तू आसमां ठहरा

कभी तो 'शाद' वो आलम हुआ है वेहशत का
कि बामो-दर पे किसी दश्त का गुमाँ ठहरा

उसको तो करना था अपनी ज़िंदगी का फ़ैसला
मैंने क्यूँ इन्कार समझा ख़ामशी का फ़ैसला

जब इसे निस्बत नहीं कुछ मेरे एहसासात से
फिर ये दुनिया क्यूँ करे मेरी ख़ुशी का फ़ैसला

अब सराबों ही से पूछी जायेगी मेरी सज़ा
दश्त के ज़िम्मे है मेरी तिश्नगी का फ़ैसला

क्यूँ किसी मंज़र से कुछ कहती नहीं आँखें मिरी
कर चुकी हैं क्या ये बस नज़्ज़ारगी का फ़ैसला

अब वो तन्हाई के हाथों मर गया तो क्या करूँ
मुझको तनहा छोड़ना तो था उसी का फ़ैसला

हर किसी के साथ जब चलना न मुमकिन हो सका
कर लिया फिर शाद अपनी हमरही का फ़ैसला

कुछ तो इन आँखों को ज़िम्मेदार होना चाहिये
सो रहीं हैं जब इन्हें बेदार होना चाहिये

इन उभरते डूबते ख़्वाबों को ये ताकीद हो
सुबह से पहले ये दरिया पार होना चाहिये

इक मिरी आवाज़ ही काफ़ी नहीं तन्हाई में
अब सदाओ हर तरफ़ से वार होना चाहिये

तूने जिस अंदाज़ में मुझको सुनाया है इसे
इस कहानी का तुझे किरदार होना चाहिये

फूल अपनी ख़ुशबुओं को ख़ुद ही कैसे सौंप दें
कुछ हवाओं का भी तो इसरार होना चाहिये

हर रवायत बनती है कुहना रवायत तोड़कर
जो नहीं पहले हुआ इस बार होना चाहिये

इश्क़ ने हैरतज़दा लहजे में मुझसे ये कहा
ऐसे आलम में तुझे बेज़ार होना चाहिये

राब्ता कुछ तो ख़यालों का रहे अलफ़ाज़ से
हुस्ने-बातिन का भी कुछ इज़हार होना चाहिये

'शाद' फिर इक आबला-पा आ गया है दश्त में
चाहता है रास्ता पुरख़ार होना चाहिये

अँधेरे दस्त बस्ता जब सदायें दें तो उभरा कर
तू सूरज है ज़रा अपनी अना का पास रक्खा कर

तिरी क़ुर्बत भी मुझको रास हो ऐसा नहीं फिर भी
अकेलेपन से डरता हूँ मुझे तनहा न छोड़ा कर

नहीं! अच्छा नहीं लगता मुझे यूँ मुन्तशिर होना
मेरी लहरों में अपनी याद के पत्थर न फेंका कर

तुझे अलफ़ाज़ के पैकर ही में हर बात दिखती है
कभी ख़ामोशियों को भी सुना कर और समझा कर

अगर इक दायमी सूरत बनानी है तसव्वुर की
जिन्हें हो काटना मुश्किल वही पत्थर तराशा कर

ये जो इक ज़ंग ख़ुर्दा आइना है रु-ब-रु तेरे
मुसलसल देख उसको और अपना अक्स चेहरा कर

तिरे ये इस्तेयारे 'शाद' अब करते नहीं दिल को
सुख़न के बाब में अब कुछ नए इमकान पैदा कर

सबब यही है मुझे पायमाल करने का
कि मैंने जुर्म किया था सवाल करने का

उदासियों ने बढ़ाई थकन ख़यालों की
थकन ने काम किया है निढाल करने का

मैं अपनी मौत पे रोया कहाँ हूँ जी भर के
मिला है वक़्त ही कितना मलाल करने का

तू इसके सामने आया है मुन्तशिर होकर
ये आइना नहीं तुझको बहाल करने का

जहाँ थी सिर्फ़ इजाज़त कसीदा-ख़्वानी की
क़ुसूरवार हूँ मैं अर्ज़े-हाल करने का

ये कह के हो गई रुख़सत हर इक ख़ुशी मुझसे
तुझे सलीक़ा नहीं देख भाल करने का

जैसा तुम करते हो, ऐसा नहीं करता कोई
सिर्फ़ ख़्वाबों पे भरोसा नहीं करता कोई

ख़ुद को आईना बनाना ही ख़ता थी शायद
अब मिरे सामने चेहरा नहीं करता कोई

मुझको ठहरा हुआ देखा तो कहा लम्हों ने
अब किसी के लिये ठहरा नहीं करता कोई

ऐसा कमज़ोर किया मेरे इरादों ने मुझे
अब तो ख़ुद से भी मैं वादा नहीं करता कोई

तू समंदर से उलझ बैठा है किसकी शै पर
ऐसी जुरत तो जज़ीरा नहीं करता कोई

ऐसे कमज़र्फ़ नहीं होते मुहब्बत वाले
यूँ मुहब्बत को तमाशा नहीं करता कोई

जिनका किरदार हो आँखों की कहानी से अलग
ऐसे अश्कों पे भरोसा नहीं नहीं करता कोई

ग़म गुसारी भी सलीक़े से हुआ करती है
'शाद' यूँ ज़ख़्मों को गहरा नहीं करता कोई

कोई भी जब न शरीके-ग़मे-तन्हाई हुआ
ख़ुद ही मैं अपने तमाशे का तमाशाई हुआ

अपने ख़्वाबों को सजाता रहा मैं पलकों पर
यही अंदाज़ मिरा बाइसे-रुसवाई हुआ

ये कहाँ छोड़ गए सारे शनासा मुझको
ये कहाँ आके मैं ख़ुद अपनी शनासाई हुआ

ज़िंदगी मैं भी तो दिल रखता हूँ औरों की तरह
क्या ग़लत था जो तिरा मैं भी तमन्नाई हुआ

तू न समझेगा कभी कर्ब समंदर उसका
वो जज़ीरा जो तिरे वस्ल से सहराई हुआ

ग़ैब के पर्दों से आँखों पर अयाँ होने तलक
फ़िक्र ने सौ पैराहन बदले बयाँ होने तलक

ख़ुदशनासी का सफ़र कुछ इस तरह से तय हुआ
सब पे ज़ाहिर था मैं अपना राज़दाँ होने तलक

ज़ख़्म हूँ मैं तुम कहाँ समझोगे मेरी कैफ़ियत
किन मराहिल से मैं गुज़रा हूँ निशाँ होने तलक

उनसे जाने कितनी तस्वीरें मुकम्मल हो गयीं
उस नहीं ने रंग जो बदले हैं हाँ होने तलक

ऐ मिरे हमज़ाद ज़र्रो तुमसे वादा है मिरा
वक़्त बस मुश्किल है मेरे आसमाँ होने तलक

फिर तो सारे लफ़्ज़ उसके नाम से मन्सूब थे
बेज़बाँ था वो तो मेरे बेज़बाँ होने तलक

'शाद' जो सिमटा हुआ दिखता हूँ अपनी ज़ात में
आरज़ी सूरत है मेरी बेकराँ होने तलक

जब सुना तैयार हूँ ग़रक़ाब होने के लिये
होड़ सी लहरों में है गिर्दाब होने के लिये

सुबह क्या आवाज़ देगी क्या जगाएगी मुझे
नींद भी तो चाहिये बेख़्वाब होने के लिये

उन गुज़रते बादलों को कोई कर दे ये ख़बर
मुन्तज़िर है इक ज़मीं सैराब होने के लिये

चाँद के मद्दे-मुक़ाबिल जुगनुओं कि भीड़ थी
इक अँधेरी रात में शबताब होने के लिये

हर कोई पैदल गुज़र जाता है सीने से मिरे
ये सज़ा मिलनी ही थी पायाब होने के लिये

'शाद' आँखें अब समझने लग गईं हैं दिल का हाल
अश्क भी मजबूर हैं ख़ूनाब होने के लिये

दग़ा देता रहूँ बातिन को ज़ाहिर से निभाऊँ मैं
बता ऐ ज़िंदगी इस बोझ को कब तक उठाऊँ मैं

मिरी दरियादिली उतरे हुए दरिया की सूरत है
ये हसरत ही रही दिल में किसी के काम आऊँ मैं

उसी सरशार लम्हे में बहुत याद आया हूँ ख़ुद को
वो जिसमें डूबकर चाहा था ख़ुद को, भूल जाऊँ मैं

समंदर के किसी साहिल पे मिल जा एक मोती सा
बचा कर दुनिया भर की नज़रों से तुझको उठाऊँ मैं

ये कैसी कशमकश ठहरी हमारे दर्मियाँ दुनिया
न मुझको रास आये तू, न तुझको रास आऊँ मैं

किसी दिन लुत्फ़ लूँ मैं भी तिरे हैरान होने का
किसी दिन बिन बताये ही तिरी महफ़िल में आऊँ मैं

बस इक ज़िद ही तो हाइल है हमारे दर्मियाँ वरना
अगर पहले मनाये वो तो शायद मान जाऊँ मैं

मुनहसिर जिस ख़्वाब पर थे पारा पारा हो गया
नफ़अ की उम्मीद में कितना ख़सारा हो गया

आइने का टूटना इक हादसे से कम न था
एक ही चेहरा था घर में बेसहारा हो गया

एक दिन निकला था यूँ ही ख़ुद में ख़ुद को ढूँढने
और मुझ पर जाने क्या क्या आशकारा हो गया

वो मिरा हमज़ाद ज़रा दिल के कितना था क़रीब
फ़ासले तो तब हुआ जब इक सितारा हो गया

आपको ताबीर भी अपनी ही शर्तों पर मिली
और हम जैसों का ख़्वाबों पर गुज़ारा हो गया

'शाद' क्यूँ आते नहीं प्यासे परिंदे इस तरफ़
क्या मिरा पानी समंदर से भी खारा हो गया

किसी के लम्स की जादूगरी का मुन्तज़िर हूँ
मैं पत्थर होके भी इक ज़िंदगी का मुन्तज़िर हूँ

ये दुनिया चल रही है और मैं ठहरा हुआ हूँ
ये लगता है कि जैसे मैं किसी का मुन्तज़िर हूँ

मुझे अच्छे नहीं लगते ये ख़द्दो-ख़ाल अपने
मैं अब चेहरे में इक बेचहरगी का मुन्तज़िर हूँ

कोई ऐसी ख़बर जो ज़िंदगी में रंग भर दे
वो जो हैरान कर दे उस घड़ी का मुन्तज़िर हूँ

मैं अब तक सब सदाओं के सितम सहता रहा हूँ
अब अपनी ज़ात में इक ख़ामशी का मुन्तज़िर

हूँ जो दरिया मुझमें शामिल हैं उन्हें कैसे बताऊँ
मैं रस्ते में किसी ठहरी नदी का मुन्तज़िर हूँ

चलूँगा मैं भी फिर दुनिया तिरे शाना ब शाना
अभी ख़ुद्दारियों की ख़ुदकुशी का मुन्तज़िर हूँ

कई ख़ुशरंग लम्हे थक गये मुझको बुलाकर
न जाने मैं अभी तक किस ख़ुशी का मुन्तज़िर हूँ

जो इक अहदे गुज़िश्ता हो चुका है 'शाद' मेरा
मैं फ़र्दा के तसव्वुर में उसी का मुन्तज़िर हूँ

जिधर से गुज़रा सदा आई वो दीवाना गया
कहाँ कहाँ मिरी वेहशत तिरा फ़साना गया

हवा ने कह दिया फिर साफ़ साफ़ लफ़्ज़ों में
शजर गिरे न गिरे तेरा आशियाना गया

किसी के बस में कहाँ था कि आग से खेले
मिरे क़रीब कोई इक मिरे सिवा न गया

मैं एक फूल की वुसअत में रह के जी लेता
मगर हवा ने पुकारा तो फिर रहा न गया

था मेरे गिर्द बहुत शोर मेरे होने का
मैं जब तलक तेरी ख़ामोशियों में आ न गया

वहीं पे भूल गया अपनी ज़ाहिरी सूरत
किसी के दर पे जो इक बार ग़ायबाना गया

वहीं की ख़ाक का मैं रिज़्क़ हो गया आख़िर
जहाँ पे लेके लेके मुझे मेरा आबो-दाना गया

हवा-ए-शब् के सुख़न तीरगी समझती है
ये वो ज़बाँ है जिसे ख़ामशी समझती है

ये साज़िशें भी तो हो सकती हैं अंधेरों की
तिरी निगाह जिसे रौशनी समझती है

वहाँ पे छोड़ दिया है हवा ने लाके मुझे
जहाँ की ख़ाक मुझे अजनबी समझती है

गर अपनी ज़िद पे न अड़ जाए बेअदब होकर
जुनूँ की बात कहाँ आगही समझती है

बस इक फ़रेब हैं ये दश्ते-आरज़ू के सराब
मगर ये बात कहाँ तिश्नगी समझती है

तिरे अज़ाब ही लफ़्ज़ों में ढाला करता हूँ
तू मेरी जाँ जिसे शायरी समझती है

ये क्या मामूल है अब ख़ुद से रोज़ो-शब् उलझना
बिखर जाना किसी साअत किसी लम्हे सिमटना

मिरे दिल में बगूले क्यूँ उठाती है हमेशा
हवा तू दश्त में जाकर कोई दिन रक्स करना

मिरे बर्गो-समर तो हो गये आदी यहाँ के
जड़ें भी सीख लें मेरी अगर मिट्टी पकड़ना

अगर बेख़्वाब आँखें वक़्त से पहले न बुझतीं
तो शायद देख लेतीं शब् से तारों का बिछड़ना

धुन्दलकों में फ़रामोशी के अब जो जा चुका है
वो चेहरा याद भी आये तो उससे क्या मुकरना

सराबों के तअक़्क़ुब में मिरी ये तश्नाकामी
ये मीठी झील में प्यासे परिंदों का उतरना

बहुत दिलचस्प लगता है मिरी तन्हाइयों को
सुकूते-शब् का दिल की धड़कनों से बात करना

नये अंदाज़ की है शाद ये सेहरा-नवर्दी
दरो-दीवार की वुसअत में वेहशत का भटकना

किसी सूरत इक ऐसा मोजिज़ा करने की कोशिश में
मैं हूँ किरचों को फिर से आइना करने की कोशिश में

ज़रा सी बात पर शाख़ों से बरहम हो गये पत्ते
हवा तो कब से थी उनको जुदा करने की कोशिश में

ठहर जाऊँ न मैं इक झील कि सूरत पहाड़ों पर
लगा हूँ पत्थरों में रास्ता करने की कोशिश में

किसी सूरत मैं इन ख़्वाबों की ज़द से बच गया वरना
ये दुनिया तो थी मुझको मुब्तिला करने की कोशिश में

मिरे अन्दर कई पेचीदा रस्ते हैं सवालों के
मैं जिनमें गुम हूँ ख़ुद से राब्ता करने की कोशिश में

न जाने कैसी गहरी नींद में सोई है तारीकी
सितारे बुझ गये इसको जिला करने की कोशिश में

सुकूते-शब् में जो ये 'शाद' मैं ख़ामोश बैठा हूँ
लगा हूँ ख़ामशी को हमनवा करने की कोशिश में

वो लम्हे जिन लम्हों में हम तनहा होते हैं
माज़ी, हाल, और फ़र्दा तीनों यकजा होते हैं

धूप हमें इक पैकर के ज़िम्मे कर जाती है
शाम के ढल जाने तक हम इक साया होते हैं

हमने अपना हर रास्ता पूछा उन ख़्वाबों से
जिनको दुनिया कहती थी ये धोका होते हैं

तन्हाई का यादों से ये कैसा रिश्ता है
कितने भूले बिसरे पल इक चेहरा होते हैं हम

कभी हमारी वुसअत से डरता है सहरा भी
कभी समंदर में हम एक जज़ीरा होते हैं

अभी जो ये बेशक्ल से कुछ ख़ाके हैं काग़ज़ पर
रंग इन्हें मिल जायें तो देखो फिर क्या होते हैं?

हम तो 'शाद' हैं ज़ात की तन्हाई का दरवाज़ा
जब कोई दस्तक देता है तब वा होते हैं

बुझा के मुझमें मुझे बेकराँ बनाता है
वो इक अमल जो शरर को धुआँ बनाता है

न जाने कितनी अज़ीयत से ख़ुद गुज़रता है
ये ज़ख्म तब कहीं जाकर निशाँ बनाता है

मैं वो शजर भी कहाँ जो उलझ के सूरज से
मुसाफ़िरों के लिये सायबाँ बनाता है

अजब नसीब सदफ़ का कि इसके सीने में
गुहर न होना इसे रायगाँ बनाता है

मैं ख़ुद तो रंग ही भरने का काम करता हूँ
ये नक़्श तो कोई दर्दे-निहाँ बनाता है

न सोच 'शाद' शिकस्ता परों के बारे में
यही ख़याल सफ़र को गराँ बनाता है

ये ख़ुशलिबासी मिरा ज़ाहिरी तमाशा है
फसीले-जिस्म के उस पार और दुनिया है

तू ख़द्दो-ख़ाल से पढता है नफ़सियात मिरी
मिरा वजूद नहीं है, ये मेरा चेहरा है

इसी नशेब पे सूरज का इंतज़ार करो
यहीं से शाम ढले रोज़ वो गुज़रता है

वो जिसको देख रहे हो फ़लक में उड़ते हुए
मिरी ही शाख़ के इक आशियाँ में रहता है

सूना तो है तुझे सैराब कर चुकी बारिश
मिरे तो सामने ये ख़्वाहिशों का सेहरा है

किसी दुकान पे क़ीमत पता भी कर इनकी
तू रोज़ो-शब् जो ये रेशम के ख़्वाब बुनता है

इतने बिखराव में आसाँ नहीं यकजा दिखना
दर्द सदियों का समेटे हुए लम्हा दिखना

अब इसे अच्छी अलामत तो नहीं कह सकते
ख्वाब आँखों में कोई रोज़ बिखरता दिखना

नुक़्स आँखों का कहें इसको कि आईने का
एक चेहरे का कोई और ही चेहरा दिखना

ज़िंदगी तेरी तलब और बढ़ा देता है
रोज़ कुछ ज़हर रगो-पै में उतरता दिखना

देख सूरज तुझे मशकूक न कर दे ये कहीं
शाम ढलने से कहीं पहले अँधेरा दिखना

एक उम्मीद ने यूँ 'शाद' किया है जैसे
एक कश्ती को समंदर में जज़ीरा दिखना

थकन से खौफ़ से अज़्मे-सफ़र से मश्विरा करके
मैं अब उड़ता हूँ अपने बालो-पर से मश्विरा करके

बस इतना पूछ लो अब और कितना चल सकोगे तुम
मसाफ़त तय करो रख़्ते-सफ़र से मश्विरा करके

उसी वुसअत से जिसके पार जाना ग़ैर मुमकिन था
मैं आगे बढ़ गया हद्दे-नज़र से मश्विरा करके

मसाइल ज़िंदगी के ख़ुद ब ख़ुद आसान हो जाएँ
कभी देखो किसी आशुफ़्ता सर से मश्विरा करके

अजब ज़िद्दी है मेरा घर कि अब कहता है मैं इसकी
करूँ आराइशें दीवारो-दर से मश्विरा करके

जवाँ बच्चों की अपनी ज़िंदगी है उनसे क्या शिकवा
जुदा होते हैं क्या पत्ते शजर से मश्विरा करके

उदासी मेरे अन्दर की कहीं बरहम न हो जाए
अगर हँसता भी हूँ तो चश्मे-तर से मश्विरा करके

मुझे ना-मोतबर ठहरा रही है 'शाद' अगर दुनिया
ये आई है किसी ना मोतबर से मश्विरा करके

न आये वुसअते-दुनिया मिरी नज़र में क्यूँ
मैं क़ैद होके रहूँ सिर्फ़ बामो-दर में क्यूँ

तिरी तलाश अगर बेख़बर है मंज़िल से
तो फिर ये रख़्ते-सफ़र भी रहे सफ़र में क्यूँ

ये एहृतजाज़ मुनासिब नहीं तिरे हक़ में
तू नाख़ुदा से उलझता है यूँ भँवर में क्यूँ

तू इस बुलंद फ़ज़ा में भी मुज़्तरब क्यूँ है
है तेरा ध्यान अभी तक उसी शजर में क्यूँ

जो दर्द 'शाद' मैं समझा था सिर्फ़ मेरा है
दिखाई देने लगा तेरी चश्मे-तर में क्यूँ

सिर्फ़ ख़्वाबों का ये धोखा नहीं ताबीर भी दे
नक्श को रंग अता कर कोई तस्वीर भी दे

मेरे नुस्ख़े में जो लिक्खीं हैं दुआयें तूने
बे-असर हैं ये अभी तक इन्हें तासीर भी दे

ये जो तू रोज़ पलट आता है अपनी जानिब
वो सदा बन जो ख़लाओं का जिगर चीर भी दे

ख़ूब हाथों पे लकीरों को सजाया तूने
अब इन्हें शान के शायाँ कोई तक़दीर भी दे

ये जो बेसम्त भटकते हैं ख़यालों के नक़ूश
उनको लफ़्ज़ों से मिला और कोई तहरीर भी दे

'शाद' हूँ इसलिए दर खुलता नहीं मुझपे कोई
इस उदासी में सदा अब कोई दिलगीर भी दे

नहीं इनकार कुछ दुनिया तिरी रानाइयों से
मगर मैं मुंसलिक हूँ ज़ात की तन्हाइयों से

यहाँ तश्हीर से अब क़द बनाए जा रहें हैं
कि पैकर ढल रहे हैं अब इन्हीं परछाइयों से

कई बेदार मंज़र थक गये हमको बुलाकर
मगर निकले कहाँ हम नींद की गहराइयों से

जो मुझ पर आज इस दर्जा मुसल्लत है ये दुनिया
बढ़े हैं हौसले इसके मिरी पस्पाइयों से

हैं जितने भी हवाले इश्क की इस दास्ताँ में
हुए हैं मोतबर सब इश्क में रुसवाइयों से

कि जिनसे हर तअल्लुक़ तर्क कर बैठीं हैं आँखें
वो चेहरे 'शाद' क्यूँ उलझे तिरी बीनाइयों में

तसव्वुर में था अपना अब पराया हो चुका है
मिरे शेरों में ढलते ही वो सबका हो चुका है

उजालों की रफ़ाक़त पर बहुत इतरा रहीं थीं
ख़बर कर दो उन आँखों को अँधेरा हो चुका है

उसे देखा तो शायद नींद के ग़लबे में पहले
वो मुबहम अक्स अब शफ़्फ़ाफ़ चेहरा हो चुका है

सभी किरदार उसकी दास्ताँ के जा चुके हैं
बहुत रोना है अब उसको अकेला हो चुका है

बचा कुछ भी नहीं है अब नई लागत की ख़ातिर
मिरा तो इश्क़ में इतना ख़सारा हो चुका है

मिरी आँखों ने भी इस बात की तसदीक़ की है
यहाँ पहले भी ऐसा इक तमाशा हो चुका है

यही परछाइयाँ हैं 'शाद' अब पहचान इनकी
कड़कती धूप में हर जिस्म साया हो चुका है

इन्कार को वाज़े करने में चेहरे की वज़ाहत काफ़ी थी
अल्फ़ाज़ को यूँ ही ज़हमत दी, बदली हुई रंगत काफ़ी थी

क्या जाने किन बेहिस लम्हों के हाथों हम कंगाल हुए
पहले तो हमारे पास भी ये एहसास कि दौलत काफ़ी थी

हम भी भटके, तुम भी भटके, मंज़िल न मिली हम दोनों को
दोनों संजीदा हो जाते तो एक मुहब्बत काफ़ी थी

कुछ देर हवाओं के दम पर ये ख़ाक बगूला कर लेते
तो हम जैसे सहराओं को इतनी ही वेहशत काफ़ी थी

कुछ और ज़ियादा तल्ख़ी से दुनिया ने नवाज़ा क्यूँ हमको
हम जैसे मुफलिस लोगों को, बस इतनी नेमत काफ़ी थी

दश्ते-तलब की बात भी मानी नहीं गई
तुमसे ज़रा सी ख़ाक भी छानी नहीं गई

पहली नज़र में अच्छे लगे थे बहुत से लोग
फिर उसके आगे अपनी कहानी नहीं गई

शोलों के पास ले गई ख़ाशाक को हवा
लेकिन जहाँ थी आग बुझानी, नहीं गई

हो तो गये बहाल तअल्लुक़ सभी मगर
दिल में जो इक ख़लिश थी पुरानी, नहीं गई

वो रात इक कनीज़ के सपनों की रात थी
उस रात ख्व़ाब गाह में रानी नहीं गई

दिल अब कहीं यक़ीन की सूरत ठहर भी जा
अब तक तिरी ये नक्ज़्ले-मकानी नहीं गई

लफ़्ज़ों को फिर गवाह बनाया गया है 'शाद'
अश्कों कि इक दलील भी मानी नहीं गई

सच कहूँ जिस बात की इतनी पज़ीराई हुई
थी मिरे अशआर के पैकर में दुहराई हुई

हाय ये किस मोड़ पर ले आई है मुझको ज़िंदगी
हाय ये किस मोड़ पर ख़ुद से शनासाई हुई

अब उसी दुनिया से आख़िर काम मुझको पड़ गया
एक मुद्दत तक रही जो मेरी ठुकराई हुई

ऐ सुकूते-शब् नहीं, तुझसे कोई शिकवा नहीं
है तबीअत शाम से पहले की उकताई हुई

फूल भी खिलते हैं तो आती है रोने की सदा
दिल की मिट्टी में है कोई चीख़ दफ़्नाई हुई

हाँ इन्हीं वीरानियों में जश्ने-माज़ी भी हुआ
हाँ इन्हीं तन्हाइयों में जश्न-आराई हुई

'शाद' जब तक ज़ब्त का यारा था सब कुछ ठीक था
और जब बरसी तो क्या बरसी घटा छाई हुई

अगर तय कर लिया हो ज़िंदगी ने दर ब दर करना
तो फिर मुमकिन कहाँ अपने लिये कोई सफ़र करना

मैं आजिज़ आ चुका हूँ अपनी ग़ैरत की नसीहत से
ये कहती है कि जो करना वो मुझसे पूछ कर करना

मिरी मिट्टी तुझे चूमूँ कि आँखों से लगाऊँ मैं
तिरा ही हौसला है एक कोंपल को शजर करना

बहुत समझाया मैंने हाशियों की क्या ज़रुरत है
मगर वो चाहता था दास्ताँ को मुख़्तसर करना

मुझे मालूम है मेरे बिना वो रह नहीं सकता
कहीं भटका हुआ मिल जाए तो मुझको ख़बर करना

वो मुझमें हो गया दाख़िल तो फिर मैं और क्या करता
सदफ़ का काम ही होता है फ़ितरे को गुहर करना

यही कारे-सुख़न है 'शाद' कुछ अनजानी राहों पर
किसी नादीदा मंज़िल का तआक़ुब उम्र भर करना

इस तरह ख़ुद पर मुसल्लत दिल की बेज़ारी न कर
वक़्त ही तो है गुज़र जायेगा जी भारी न कर

दश्ते-शब् के पार ही ले जाना है इक ख़्वाब को
इक सफ़र के वास्ते अब इतनी तैय्यारी न कर

दिल अभी पूरी तरह मुनकिर नहीं है दीन का
मैं अभी काफ़िर नहीं, फ़तवा कोई जारी न कर

तू भी टूटा हुआ है अपने ग़म की मार से
अब किसी बिखरे हुए की इतनी ग़मख़्वारी न कर

इक हवा आएगी और इनको उड़ा ले जायेगी
बुत हैं ये सब रेत के इनकी परस्तारी न कर

रोज़ तू दुनिया से मिलता है नये इक भेस में
मैं तिरा किरदार हूँ मुझसे अदाकारी न कर

'शाद' ये दुनिया अगर ग़ाफ़िल समझती है तुझे
बेख़बर तू भी गुज़र जा, कोई हुशियारी न कर

नज़्रे-ग़ालिब

जब एक ही चारा बचा मरना मिरे आगे
फिर आ के खड़ी हो गई दुनिया मिरे आगे

मैं जिसके सबब तोड़ चुका आइना-ख़ाना
ले आये हो फिर क्यूँ वही चेहरा मिरे आगे

कब तक मैं यूँही अपनी पनाहों में रहूँगा
कब तक चलेगा ये मिरा साया मिरे आगे

फ़र्दा तिरे लम्हात पे किस तौर यक़ी हो
जब लम्हा-ए-मौजूद न ठहरा मिरे आगे

पलकों पे जो इक ख़्वाब सजा रक्खा है मैंने
तूने भी उसी ख़्वाब को देखा मिरे आगे

इक सानिहे ने कर दिया पत्थर रगो-पै को
फिर दिल न कभी ज़ोर से धड़का मिरे आगे

ये मेरा सफ़र वक़्त के बर-अक्स है शायद
फ़र्दा मिरे पीछे है गुज़िश्ता मिरे आगे

चुपचाप तमाशाई बना देख रहा हूँ
"होता है शबो-रोज़ तमाशा मिरे आगे"

ये ग़म जो टूट के मिलता है वालिहाना इसे
है कोई इश्क़ मिरे दिल से ग़ायबाना इसे

मैं ख़ुद को यकजा करूँ जब तो कम न हो जाऊँ
ये मेरे गिर्द जो बिखरा है मत उठाना इसे

तिरे बयान में चमका नहीं है दर्द अभी
जो हो सके तो बना और शायराना इसे

ये आग जिसने बना रक्खा है तुझे ईंधन
तिरा वजूद इसी से है मत बुझाना इसे

मिरी शिकस्त का बाइस नहीं है ये दुनिया
मैं कर रहा था यूँ ही बेसबब निशाना इसे

ये रंग 'शाद' जो उभरा है तेरी आँखों में
फ़क़त गुमान है ये ख़्वाब मत बनाना इसे

कितने महंगे पड़े हक़ीक़त में
ख़्वाब देखे गये जो उजलत में

कोई सूरत नहीं है बचने की
आज पेशी है दिल, अदालत में

उसको तस्वीर करना मुश्किल है
जो उदासी है तेरी रंगत में

बात तो थी जहाँ वहीं पर है
हम कहीं खो गये वज़ाहत में

ये जो अहले-ख़िरद की हालत है
इससे बेहतर थे हम तो वहशत में

सोचता हूँ कि भूल जाऊँ उसे
वो जो शामिल है मेरी आदत में

वक़्त का कुछ पता नहीं चलता
इतना मसरूफ़ हूँ मैं फ़ुर्सत में

शोर कहता है तू सदाओं को
नुक़्स कुछ है तिरी समाअत में

बात को मुख़्तसर ही रखना था
रायगाँ हो गई वज़ाहत में

ज़िन्दगी क्यूँ गुज़ार दी जाए
एक उम्मीद एक हसरत में

तिरी फ़ितरत को अनदेखा न जाने कैसे करते हैं
यकीं हर बार हम तेरा न जाने कैसे करते हैं

दरो-दीवार तो होते नहीं इनके नशेमन में
परिंदे घर का बंटवारा न जाने कैसे करते हैं

हमारे ज़र्फ़ पर हैरान तो होगा ये सेहरा भी
बिखर कर, ख़ुद को हम यकजा न जाने कैसे करते हैं

हवा के दोश पर उड़ना कोई आसाँ नहीं होता
सफ़र ये लोग आवारा, न जाने कैसे करते हैं

जहाँ पर नींद का दामन पकड़ लेती हैं ये आँखें
हम उस आलम में भी जागा, न जाने कैसे करते हैं

हमारे सामने जब आइना होता है ग़ैरत का
हम इस चेहरे को इक चेहरा न जाने कैसे करते हैं

बहुत आसान है इस ग़ार में गहरा उतर जाना
उदासी से मगर उभरा न जाने कैसे करते हैं

कि हम तो थक चुके हैं 'शाद' अपने ही तआक़ुब में
यहाँ सब वक़्त का पीछा न जाने कैसे करते हैं

वो जिस मरकज़ से थे मंसूब उससे हट चुके हैं
इधर कुछ दिन से हम हर राब्ते से कट चुके हैं

इसी महदूद सफ़्हे पर लिखें अपनी कहानी
कि हम दोनों तरफ़ से हाशियों में बंट चुके हैं

भरम रख्खा हुआ है धूप में साये ने अपना
वगरना हम क़दो-क़ामत में कब से घट चुके हैं

वही सूरज से लेकर चाँद तक लम्हों का चलना
हमें इन रोज़ो-शब् के सब मनाज़िर रट चुके हैं

ये अपने आप को जो इक तमाशा कर रहा हूँ मैं
बहुत मजबूर होकर ही तो ऐसा कर रहा हूँ मैं

मुझे मालूम है इक दिन मिरी ताईद भी होगी
अभी तो जो जसारत है वो तनहा कर रहा हूँ मैं

अगर इस दिल की सुनकर ही पशेमाँ होना पड़ता है
तो इक नामोतबर पर क्यूँ भरोसा कर रहा हूँ मैं

अभी ताबीर की सूरत नहीं देखी इन आँखों ने
अभी तो अपने ख़्वाबों ही का पीछा कर रहा हूँ मैं

सफ़र से क़ब्ल यकजा कर लिया था जिन सराबों को
अब उनके वास्ते तख़लीक़े-सेहरा कर रहा हूँ मैं

अगर बरहम है मुझसे आइना तो ख़ुद सफाई दूँ
किसी के अक्स को क्यूँ आना चेहरा कर रहा हूँ मैं

है मेरे पास जितना भी असासा 'शाद' माज़ी का
उसी बुनियाद पर तामीर फ़र्दा कर रहा हूँ मैं

कशमकश के दायरों के पार जाना भी तो है
फ़ैसला तो कर लिया उसको बताना भी तो है

इन शिकस्ता बालो-पर से वरना उड़ सकता है कौन
क्या करूँ मेरी ज़रुरत आबो-दाना भी तो है

बंद आँखों से किये थे दस्तख़त जिस अहद पर
बेदिली से ही सही उसको निभाना भी तो है

दिल की ख़ुशियों पर तवज्जो किस तरह क़ायम रहे?
ज़ेहन में कुछ उलझनों का ताना बाना भी तो है

इससे पहले और बिखराये कोई झोंका मुझे
अपने गिर्दो-पेश से ख़ुद को उठाना भी तो है

वरना ये दुनिया कहाँ तस्लीम करती थी मुझे
ख़ुद को मनवाने की ख़ातिर इसको माना भी तो है

याद इक ख़ुशबू की सूरत 'शाद' करती है मुझे
एक शेवा इसका अक्सर दिल दुखाना भी तो है

वही इक आग की सूरत तहे-ख़ाशाक निकला
जिसे मासूम समझे थे बहुत चालाक निकला

यहाँ तो हर शजर में चुप के बैठी हैं हवायें
ये मैं किन रास्तों में लेके अपनी ख़ाक निकला

मिरे एहसास को उसने बहुत धोका दिया है
वो रिश्तों के हवाले से बहुत सफ़्फ़ाक निकला

वही जो ख्व़ाब आँखों को बहुत प्यारा लगा था
ढला ताबीर में तो कैसा इबरतनाक निकला

ये कुछ हँसते हुए चेहरे ये कुछ रोती सी आँखें
हुई तसदीक़ तो सबका गरेबाँ चाक निकला

मैं शामिल हो गया था बेवज़ू उजलत में फिर भी
नमाज़े-इश्क़ में मेरा भी सजदा पाक निकला

दश्त में इक अपने ही जैसे से मिलकर रो पड़ा
एक प्यासा दूसरे प्यासे से मिलकर रो पड़ा

एक माज़ी के खंडर से याद उठा लाई जिसे
लम्हा-ऐ-मौजूद इसी लम्हे से मिलकर रो पड़ा

ये शबाहत लेके लौटेगा कहाँ मालूम था
आइना बिछड़े हुए चेहरे से मिलकर रो पड़ा

आज फिर ताबीर ने उसको शिकस्ता कर दिया
आज फिर इक ख्वाब इक धोके से मिलकर रो पड़ा

ऐसे मंज़र रोज़ सहराओं में दिखते हैं यहाँ
कोई पैकर जब किसी साये से मिलकर रो पड़ा

हवा क़रीब से गुज़रे तो काँप जाता हूँ
मैं अपनी ज़ात मे शोले दबाये बैठा हूँ

है मेरे चारों तरफ़ भीड़ आशनाओं की
मगर मैं हद्दे-नज़र तक बहुत अकेला हूँ

ये ख़्वाब देख रहा हूँ इधर कई दिन से
मैं कुछ मुहीब से चेहरों के बीच बैठा हूँ

इन्हें उधड़ने की आदत है सो उधेड़ते हैं
मिरा तो शेवा यही है कि ख़्वाब बुनता हूँ

मैं जिससे जुड़ता हूँ वो मुझको तोड़ देता है
मैं बेग़रज़ हूँ मगर बदनसीब रिश्ता हूँ

मुझे ख़ुद अपने तवाज़ुन पे ऐतमाद नहीं
सो एहतियात से अब सीढ़ियाँ उतरता हूँ

वगरना मैं कहाँ नक्शो-निगार में आता
ये ख़द्दो-ख़ाल की ज़द थी तो एक चेहरा हूँ

चला गया वो यक़ीं को मिरे गुमाँ करके
ग़लत किया है बहुत उसको राज़दाँ करके

ये सोचता हूँ मुहब्बत ने क्या दिया मुझको
अब एक उम्र मुहब्बत में रायगाँ करके

मैं चाहता था न फैले मज़ीद आग उसकी
बुझा मगर वो मिरी ज़ात में धुआँ करके

यहीं पे ख़त्म करें इसको फ़ायदा क्या है
तवील और तअल्लुक़ की दास्ताँ करके

बहुत हसीं हैं ये तन्हाईयाँ मगर इनको
अभी कुछ और संवारूँ उदासियाँ करके

वो चाहता है कि सालिम भी मैं दिखाई दूँ
मिरे वजूद को बेतरह धज्जियाँ करके

कहा ये दर्द ने मुझसे नज़र मिला तो सही
तू 'शाद' हो तो गया ज़ख़्म को निशाँ करके

मिरी तलब को वहाँ बे-हयाई समझा गया
जो हक़ भी माँगा तो उसको गदाई समझा गया

बयान तल्ख़ था मेरा ज़रा, मगर सच था
मिरे बयान को शोला-नवाई समझा गया

अब और कितना निभाता मैं उस तअल्लुक़ को
कि इब्तिदा में जिसे इन्तेहाई समझा गया

बस इसलिये कि मैं लफ़्ज़ों से दूर रहता हूँ
मिरा सुकूत मिरी बे-नवाई समझा गया

यही तो अस्ल ख़सारा था ख़ुश-लिबासी का
जो मुन्तशिर था उसे भी इकाई समझा गया

इस इक गुमान ने क्या क्या यकीं को धोके दिये
कि रस्मो-राह को भी आशनाई समझा गया

ये जो ग़मगीन बनकर तुझको रोता देखते हैं
यकीं कर सब तिरे ग़म का तमाशा देखते हैं

वही समझेंगे कितनी आरिज़ी है ये बुलंदी
जो सूरज को नशेबों में उतरता देखते हैं

ये कैसी बेबसी है आबगीनों को बनाकर
हवा के हाथ फिर उनको शिकस्ता देखते हैं

ये सेहरा कब तलक हस्सास रह सकते हैं आख़िर
कि दिन भर इक न प्यासे को मरता देखते हैं

कभी मुनकिर भी हो जाते हैं हम इस आइने के
कभी बेचारगी से अपना चेहरा देखते हैं

किसी मख़सूस मंज़िल का तअक्कुब करते करते
अचानक ख़ुद को हम बेसम्त होता देखते हैं

क्या बताऊँ किस क़दर सब नक्श थे सहमे मिरे
धूप थी तस्वीर पर और रंग थे कच्चे मिरे

ऐ मिरे एहदे-गुज़श्ता याद तो होगा तुझे
इस ख़राबे में कभी कुछ लोग रहते थे मिरे

मुझको इस आसूदगी में भी अभी तक याद है
किस तरह महरूमियों में दिन वो गुज़रे थे मिरे

तूने उनको भी समंदर अपने जैसा कर दिया
कैसे मीठे पानियों के साफ़ चश्मे थे मिरे

मोम का था जिस्म मेरा और उस पर ये सितम
धूप ने रक्खे हुए थे रहन सब साये मिरे

'शाद' ये बेख़्वाबियाँ उनको अपाहिज कर गईं
नींद की बैसाखियों पर ख़्वाब चलते थे मिरे

वो ख़्वाब बस्ता रात कुछ ऐसे बसर हुई
आँखों को भी यकीं न हुआ जब सहर हुई

जब तक थी मेरी ख़ाक के हमराह थी बख़ैर
छोड़ा मुझे तो ख़ुद वो हवा दर-ब-दर हुई

चेहरे पे जब सजाने लगा मुस्कुराहटें
दिल की उदासियों की मुझे तब ख़बर हुई

वेहशत को अपने साथ मैं लाया था दश्त से
कुछ यूँ घुली मिली मिरे घर से कि घर हुई

पहले मिरे वजूद को उसने बनाया राख
जब बुझ गई वो आग तो मुझमें शरर हुई

अब तो है 'शाद' बस ये मिरी ज़ात कायनात
सिमटी जो दास्ताँ तो बहुत मुख़्तसर हुई

मिरे एहसास के होने को इक वुसअत भी मिलती है
अकेलेपन में अपनी ज़ात की कुर्बत भी मिलती है

ख़यालों के तअक़्क़ुब में सफ़र करती इन आँखों को
नये मंज़र तो मिलते हैं, नई हैरत भी मिलती है

किसी शाने पे सर रखकर कभी रोना भी अच्छा है
कहीं दुःख बाँट लेने से ज़रा राहत भी मिलती है

सफ़र की इब्तिदा करने से पहले सोच ले इतना
सफ़र सहराओं का हो तो वहाँ वेहशत भी मिलती है

ज़रा सा सब्र रखना कारोबारे-इश्क़ में, इसमें
भले गाहक भी मिलते हैं, खरी क़ीमत भी मिलती है

तुझे जब देखता हूँ मैं तो ख़ुद को याद आता हूँ
कि तेरे हाल से कुछ कुछ मिरी हालत भी मिलती है

वो जो बैठा है तुझमें 'शाद' कब से मुन्तज़िर तेरा
बता क्या उससे मिलने कि कभी फ़ुर्सत भी मिलती है

मिरे दरपेश इक ख़्वाहिश का सहरा रोज़ होता है
सराबों के छलावे से गुज़रना रोज़ होता है

किसी लम्हे उभरता हूँ किसी पल डूब जाता हूँ
मिरे एहसास में ये इक तमाशा रोज़ होता है

किसी ठोकर से बिखरे या कि सोचें मुन्तशिर कर दें
मिरे दिल को किसी सूरत बिखरना रोज़ होता है

शनासा रास्तों पर रोज़ करता हूँ सफ़र फिर भी
कहीं खो जाने का इस दिल को धड़का रोज़ होता है

पहाड़ों ने जकड़ रक्खा है मुझको बर्फ़ में वरना
ज़मीनों पर उतरने का इरादा रोज़ होता है

मिरे इतराफ़ में कोई नज़र आता नहीं लेकिन
मिरे हमराह फिर भी कोई साया रोज़ होता है

ये ख़ामोशी तो बस इक साअते-इज़हार ही तक है
तिरा पिन्दार मेरी जुरअते-इनकार ही तक है

इशारे रोज़ करता है नये इमकान के दरिया
सफ़र तेरा मगर इस पार से उस पार ही तक है

तसव्वुर में मैं सातों आसमाँ तसख़ीर भी कर लूँ
बज़ाहिर तो मिरा क़ब्ज़ा दरो-दीवार ही तक है

यकीं तो कर ज़रा तख़लीक़ की सूखी ज़मीं मुझ पर
तिरी ये प्यास बस बारिश की पहली धार ही तक है

बस अपनी ज़ात ही के दायरे में बेकराँ है तू
तुझे लगता है ये दुनिया तिरे अफ़कार ही तक है

कई असनाफ़े-फ़न के दर मुक़फ़्फ़ल हैं अभी हम पर
रसाई जो भी है अपनी सो इन अशआर ही तक है

गुत्थी उलझ रही थी बहुत नफ़सियात की
कुछ उलझनें थीं जिस्म की और कुछ थी ज़ात की

आख़िर कोई तो फ़ैसला करना ही था मुझे
कल ख़ुद से मैंने अपने ही बारे में बात की

तुमको न आये नींद तो है इसका क्या क़सूर
सूरज से क्यूँ शिकायतें करते हो रात की

आँखों पे इतना बोझ है ख़्वाबों का इन दिनों
अब चाहती हैं ये कोई सूरत निजात की

हम फिर भी तेरे हल्क़ा-ऐ-जादू में आ गये
अपनी तरफ़ से यूँ तो बहुत एहतियात की

बहुत मसरूफ़ हूँ कह दो अभी बैठी रहे दुनिया
मिरी तन्हाइयों से वक़्त लेकर फिर मिले दुनिया

गर इनमें घुट के मर जाऊँ तो दुनियादार कहलाऊँ
ये जाले तोड़ दूँ रिश्तों के तो बाग़ी कहे दुनिया

ज़मीं महदूद है और आसमाँ भी तंग है इसका
मैं जिस दुनिया में रहता हूँ वहाँ कैसे रहे दुनिया

उसे कह दो कि मैं जिस मरहले पर हूँ, वहाँ ख़ुश हूँ
अब अपनी सम्त ख़ुद तय कर ले और चलती रहे दुनिया

ग़लत क्या था अगर इक शोर का हिस्सा नहीं था मैं
मिरी ख़ामोशियों का तजज़िया अब ख़ुद करे दुनिया

मैं सब परदे हटा देता हूँ, जब अपनों से मिलता हूँ
अगर मिलना है तो मेरी तरह मुझसे मिले दुनिया

नज़र-अंदाज़ करके भी इसे मैं 'शाद' रहता हूँ
अब अपने ज़ोम पर इस ज़र्ब को कैसे सहे दुनिया

नई इक सम्त की जानिब वहीं से रास्ता निकला
जिसे मंज़िल समझ बैठे थे वो तो मरहला निकला

मिरे बातिन से बढ़कर हो गया रौशन मिरा ज़ाहिर
सदफ़ हैरतज़दा है ये मिरे सीने से क्या निकला

किया जब अपनी आशुफ़्ता-सरी का तजज़िया मैंने
सबब इसका ज़रुरत से ज़ियादा सोचना निकला

मैं उसके रख रखाओ के ही धोके में रहा अब तक
बहुत सैराब लगता था मगर सहरानुमा निकला

किसी ने 'शाद' कब लिक्खी मुकम्मल दास्ताँ अपनी
किताबे-ज़िंदगी के हर वरक़ पर हाशिया निकला

तेरे दामन पर लहू ये तेरा क्या साबित करे
तुझपे है अब ख़ुद को कैसे बेख़ता साबित करे

ये भी मुमकिन है कि ख़ुद ही बुझ गये हों ये चराग़
बेगुनाही किसलिए अपनी हवा साबित करे

तेरे सजदे भी रवा, तेरी इबादत भी कुबूल
शर्त ये है ख़ुद को तू पहले ख़ुदा साबित करे

अपने ख़द्दो-ख़ाल की ख़ुद ही गवाही दूँगा मैं
क्यूँ मिरी पहचान कोई दूसरा साबित करे

'शाद' इक मुद्दत से इस कोशिश में हूँ मेरी सदा
शहर के इस शोर से ख़ुद को जुदा साबित करे

हर एक हद से मैं बिखराव की गुज़र भी गया
मैं अपनी शाख़ से टूटा भी और बिखर भी गया

ये गोताज़न भी किसे ढूँढने को आये हैं
वो एक शख़्स जो डूबा था पार उतर भी गया

जो तूने दायमी कहकर अता किया था कभी
तुझे ख़बर भी नहीं है वो ज़ख़्म भर भी गया

ये कैसा ज़हर पिलाया तिरे तअल्लुक़ ने
लहू में उतरा नहीं और काम कर भी गया

बग़ैर जिसके तसव्वुर नहीं था जीने का
मैं 'शाद' ज़िंदा हूँ अब तक वो शख़्स मर भी गया

ख़्वाहिशों की इन्तेहा तक ये हवस पहुँचाएगी
जिस क़दर सैराब होगा प्यास बढ़ती जाएगी

गर उदासी रूह में सुलगी तो महकेगी ज़रूर
जिस्म कि आराइशों में कब तलक छुप पाएगी

गर यूँही करता रहा तू इन सदाओं से गुरेज़
तुझको इक दिन ये ख़मोशी दर ब दर भटकाएगी

छोड़ दे कुछ देर इन आँखों को तनहा, छोड़ दे
इतने ख़्वाबों से घिरा है नींद कैसे आएगी

देख कितने बदनुमा हैं रंग तेरे अक्स के
ज़िंदगी अब ऐसे चेहरे पर भी तू इतराएगी

इक नई कोंपल ने दस्तक दी बरहना शाख़ पर
कुछ उदासी तो शजर की 'शाद' कम हो जाएगी

मैं तो गर्दे-राह में था आसमाँ तक आ गया
बेख़ुदी कुछ तो बता कैसे यहाँ तक आ गया

हो गई तस्लीम आख़िर इक परिंदे कि दुआ
टूटती साँसें समेटे आशियाँ तक आ गया

पहले वो दाख़िल हुआ आँखों में चेहरे की तरह
फिर न जाने कौन से रस्ते से जाँ तक आ गया

अब भी क्या तुझको नहीं है अपने जलने की ख़बर
देख ले आँखों में तेरी अब धुआँ तक आ गया

याद करता हूँ वो गुमनामी से शोहरत का सफ़र
मैं वहाँ से कब चला था, कब यहाँ तक आ गया?

'शाद' रखना पड़ता है एक एक जज़्बे का हिसाब
क्या करें अब इश्क़ भी सूदो-ज़ियाँ तक आ गया

अब भी इक ख़ाहिश की ढलती धूप का साया है तू
बेनियाज़ी में भी कब दुनिया से कट पाया है तू

हाँ वही आईना हूँ मैं जिससे नफरत थी तुझे
कौन सा मुंह लेके मेरे सामने आया है तू

आबगीनों के बिखरने का तमाशा देख ले
देख ले किन रायगाँ ख़्वाबों पे इतराया है तू

तेरी क़ीमत कुछ भी हो बाज़ार में पर याद रख
सारी ज़ेबाई सदफ़ कि कोख से लाया है तू

इक जुनूने-रायगाँ को आगही कहता रहा
ज़हनो-दिल की कशमकश में कितना भरमाया है तू

हर तरफ़ बिखरी पड़ी हैं क्यूँ ये तेरी धज्जियाँ
किन तमन्नाओं की चट्टानों से टकराया है तू

तूने सब सोना लुटा डाला है अपनी धूप का
शब् के ग़ारों में पड़ा अब कितना बेमाया है तू

बे सरो-सामानियों में भी तो करते हैं सफ़र
शाद क्यूँ रख्ते-गराँ घर से उठा लाया है तू

याद तुझे शायद आ जाए, नज़रे-सानी करने में
इक किरदार हुआ करता था, तेरी कहानी में

एक न इक सामान तो पीछे छूट ही जाता है
ये नुक़सान तो होता ही है, नक़्ले-मकानी में

शायद उसकी फ़ितरत में तबदीली आ जाए
हमने इक पत्थर को रख्खा बरसों पानी में

अपने ख़ारो-ख़स होने का तब एहसास हुआ
वक़्त का दरिया जब लहराया है तुग़यानी में

सोचा था आसाँ से लफ़्ज़ों में सब कह देंगे
लेकिन कितनी दुश्वारी थी, इस आसानी में

शहर के शोरो-गुल में तो अफ़सुर्दा लगती है
ख़ामोशी का हुस्न कभी देखो वीरानी में

तीरगी का बेकराँ गहरा समंदर काटकर
नींद पहुँची है सहर तक कितने मंज़र काटकर

वो तिरा जादू-नगर हाइल था हर इक गाम पर
मैं यहाँ आया हूँ जाने कितने मंतर काटकर

कर दिया सरशार मुझको इक हवा के लम्स ने
हब्स कुछ कम हो गया दीवार में दर काटकर

और कितनी बार लिक्खेगी मुझे तू ज़िंदगी
ये नया क्या लिख दिया हर्फ़े-मुकर्रर काटकर

चाहता है मोतबर हो जाए इसकी बरतरी
एक सूरज धूप से सायों का पैकर काटकर

चेहरा भी गर्द भूल गई रहगुज़ार का
जबसे मिला है रूप नया इक गुबार का

कितनी बुलंदियों से उतरकर मिला तुझे
दरिया तू क़र्ज़दार है इक आबशार का

आपस में सब लिपट गये ज़र्रे वजूद के
दिल में था ऐसा खौफ़ किसी इन्तशार का

टूटे हुए परों की अज़ीयत के बावजूद
मैं रहनुमा हूँ एक परिंदों की डार का

शाख़ों से अब निकलने लगीं ज़र्द कोंपलें
ऐसा कभी तो रंग नहीं था बहार का

कोशिश करके हार गया पर ढाल सका कब लफ़्ज़ों में
वो एहसास कि इक रिश्ता जब टूट के बिखरा किरचों में

मैं भी कब तक साथ निभाता इक ख़ुदगर्ज़ तअल्लुक़ का
आख़िर कब तक चल सकता था पत्थर बांध के पैरों में

ज़ाहिर के सब रंग अलग हों, बातिन के किरदार अलग,
रह सकता है कैसे कोई बंटकर अपने ख़ानों में

जाने किस मनहूस घड़ी में क़र्ज़ लिया ताबीरों से
जो भी थी ख़्वाबों कि पूंजी सर्फ़ हुई सब क़िस्तों में

हम उन कच्ची उम्रों में जीवन के दुःख झेले हैं
जिन उम्रों में रखते हैं सब मोर के पंख किताबों में

'शाद' समंदर की मौजें भी चाँद के इश्क़ में पागल थीं
चाँद तो लेकिन डूब चुका था, झील की गहरी आँखों में

धूप ने ये फिर कहा, रुख मेरी जानिब मोड़कर
कब तलक बच पायेगा तू एक साया ओढ़कर

आसमानों की बुलंदी में कहाँ आया ख़याल
इक नशेमन भी बना लूँ चार तिनके जोड़कर

बेयक़ीनी ने ये कैसा खौफ़ मुझमें भर दिया
अब कहीं जाता नहीं मैं ख़ुद को तनहा छोड़कर

कम से कम दस्तक ही देकर देख लेता एक बार
मुझमें दाख़िल क्यूँ हुआ वो शख़्स मुझको तोड़कर

अगर मैं अपनी नज़रों में ज़रा सा कम ही हो जाता
तो फिर इस धूप कि परछाइयों में ज़म ही हो जाता

मैं अपनी ज़ात की सरगोशियों की बात सुन लेता
अगर इतराफ़ का ये शोर कुछ मध्धम ही हो जाता

अगर यूँ बेदिली से मुस्कुराकर रोज़ मिलना था,
तो फिर इससे तो अच्छा था कि वो बरहम ही हो जाता

किसी घनघोर बादल के तले आराम कर लेते
कभी इस बेकराँ सहरा में वो मौसम ही हो जाता

समंदर से भी तो ये धूप आख़िर ले उड़ी मुझको
बुरा क्या था अगर इक फूल पर शबनम ही हो जाता

बरसने का सलीक़ा ही नहीं आया इन आँखों को
वगरना ऐन-मुमकिन था वो पत्थर नम ही हो जाता

सबब है 'शाद' ये तेरी अना जड़ से उखड़ने का
अगर आँधी मुक़ाबिल थी तो थोड़ा ख़म ही हो जाता

अभी से जश्न का आलम है क्यूँ सितारों में
अभी मैं ठीक से डूबा नहीं हूँ ग़ारों मे

मिरा वजूद समंदर से आ मिला है मगर
रह गया हूँ कहीं दूर आबशारों में

किसी तलाशे-मुसलसल ने कर दिया तनहा
वगरना मैं भी कभी था तुम्हारी डारों में

पकड़ ले धूप की उंगली और आसमाँ हो जा
नहीं तो बहता रहेगा यूंही किनारों में

न जाने दश्त की वहशत या हवाओं की
कि इम्तिज़ाज है दोनों का इन गुबारों में

बता रही है लहू से सनी हुई मिट्टी
भटक गया था कोई रात खारज़ारों में

वो आग बुझ तो गई 'शाद' पर तपिश अपनी
छुपा के रख गई कुछ अनबुझे शरारों में

कौन समझेगा कि ख़ुद को किस तरह यकजा किया
वक़्त ने जब मुन्तशिर ख़्वाबों का शीराज़ा किया

आज उसको ख़ुश-गुमानी है कि इक पैकर है वो
हमने जिस साये को अपने जिस्म से पैदा किया

मैंने जब नाकामियों की सारी शर्तें मान लीं
फिर उमीदो! तुमने मेरे साथ क्यूँ धोखा किया?

क्या बतायें ख़्वाब और बेख़्वाबियों के दर्मियाँ
पार कैसे रात की कश्ती ने वो दरिया किया

जिस तरह बादल बरसते हैं ज़मीं पर टूटकर
इस तरह दोनों ने दिल के बोझ को हल्का किया

गर यक़ीं मुझ पर न हो तो पूछ लो तुम धूप से
इस शजर ने कट के गिरा जाने तलक साया किया

किस अज़ीयत से पहुंचता है फ़लक से ग़ार तक
मैंने इस सूरज का ढल जाने तलक पीछा किया

ज़हर की तासीर कम करने को बदला ज़ायक़ा
तल्ख़ियों में ख़्वाब घोले और इन्हें मीठा किया

उम्र भर करते रहे पामाल रिश्तों पर सफ़र
'शाद' तुमने शायरी के नाम पर भी क्या किया

उसी मौसम में आख़िर फ़ाख़्तायें लौट आती हैं
कि जिस मौसम में पेड़ों कि क़बायें लौट आती हैं

गले लग कर बहुत रोती हैं फिर तपती ज़मीनों से
पहाड़ों से उतर कर जब हवायें लौट आती हैं

मैं महवे-गुफ़्तगू हूँ ख़ुद से उन ख़ामोश ग़ारों में
जहाँ से गूँज बन कर सब सदायें लौट आती हैं

मुसलसल इक अँधेरा हो तो अक्सर ये भी होता है
बुझी आँखों में गुमगश्ता शुआयें लौट आती हैं

मिरा अपने अक़ीदों से यक़ीं उठने सा लगता है
कभी जब आसमानों से दुआयें लौट आती हैं

चली जाती तो हैं इसरार पर अक्सर हवाओं के
मगर बरसे बिना भी ये घटायें लौट आती हैं

शायद मिरी उजड़ी हुई नींदों का सबब हैं
मायूस से ये ख़्वाब जो इज़हार तलब हैं

देखा तो कहीं हमसे भी टूटे हुए निकले
हम जिनको समझते थे कि ये अहले-तरब हैं

ताबीर में भी ढलने की कोशिश नहीं करते
ख़्वाबों से बहल जाते हैं ये लोग अजब हैं

हम धूप हैं सूरज से तअल्लुक़ है हमारा
माना कि पसे-पर्दा-ऐ-तारीकी-शब् हैं

सौ भेस बदलती हैं तमन्नायें हमारी
हम पैकरे-एहसास हैं इक रंग में कब हैं

कहने को हमें 'शाद' कहा करती है दुनिया
अपना भी वही हाल है जिस हाल में सब हैं

बहल सकी न उदासी किसी मसर्रत से
ये रंग होता नहीं अब जुदा तबीअत से

किस इश्तियाक़ से तकता था मैं सितारों को
अब अपने गिर्द इन्हें देखता हूँ हैरत से

शजर को धूप ने बासों में बहर के चूम लिया
"हुई है छाँव ये पैदा हमारी कुर्बत से"

ये चाहते हैं कि तहरीर दर्द को भी करें
मगर गुरेज़ भी करते हैं हम अज़ीयत से

बताये खुल के भला बर्फ़ कैसे सूरज को
कि वो पिघलती है किस दर्जा-ऐ-हरारत से

कहा ये रात ने आखें मिला के तारों से
चमक रहे हैं ये जुगनू मिरी इजाज़त से

है 'शाद' शब् की ख़मोशी के पास सारा हिसाब
कि कौन कैसे गुज़रता है अपनी वेहशत से

जो सर्फ़े-ख़ू हुआ है वो दिल की दुकां से है
अपनी गुज़र बसर इसी कारे-ज़ियाँ से है

अब तक बचा हुआ है मिरा काग़ज़ी बदन
शिकवा ये बारिशों को किसी सायबाँ से है

अपने सिरों पे दोनों अगर ठीक हैं तो फिर
टूटा हुआ ये रब्त कहीं दर्मियाँ से है

ख़ुशफ़हमियों में जी ले मिरे दिल ने ये कहा
जब तक तू बेख़बर मिरे दर्दे-निहाँ से है

इक जस्त का सफ़र है किसी फ़िक्र के लिये
ये जो नज़र का फ़ासला उस आसमाँ से है

हाइल हैं 'शाद' क्यूँ मिरे फ़र्दा की राह में
बाक़ी हिसाब जिनका मिरे रफ़्तगाँ से है

फिर कभी आँखों के साहिल पर उसे देखा नहीं
आँसुओं में डूबकर चेहरा वो फिर उभरा नहीं

तुम तो बस झरनों के नग़मों की सदा सुनते रहे
कटते जाते पत्थरों के कर्ब को समझा नहीं

जाने ये कैसा तअल्लुक़ हो गया उस शख़्स से
अब तलक जिससे तअर्रुफ़ का भी तो रिश्ता नहीं

अब तो बातिन की सदाओं ने भी चुप्पी साध ली
बोलने से फ़ायदा क्या जब कोई सुनता नहीं

हसरतें पर तोलती हैं 'शाद' लेकिन क्या करें
इन शिकस्ता बालो-पर से तो उड़ा जाता नहीं

सदा-ए-दिल न सुनूँ और ख़ुदी को मार दूँ क्या
ये इक लिबास जो है जिस्म पर उतार दूँ क्या

बहुत से लोग तमाशाई बन के आये हैं
तुझे डुबोने से पहले ज़रा उभार दूँ क्या

ये ज़िंदगी ही मिरा आख़िरी असासा है
इसे भी दाँव पे रख दूँ, इसे भी हार दूँ क्या

तू मेरी बात न कह पाया अपने लफ़्ज़ों में
अब अपना तर्ज़े-तकल्लुम भी कुछ उधार दूँ क्या

ये ज़िंदगी जो तिरे साथ 'शाद' रह न सकी
तिरे बग़ैर इसे रायगाँ गुज़ार दूँ क्या

ये मुमकिन है कि मेरा ज़ोम ये भी जब्र कर जाए
अना ज़िंदा रहे मेरी तिरा एहसास मर जाए

ये जिन रंगों से तूने ख़्याल-क़द उसके सँवारे हैं
कहीं ऐसा न हो तस्वीर का चेहरा उतर जाए

इधर ये ख़ुश्क पत्ते और उधर सहरा कि आवाज़ें
हवा इस कशमकश में है कि जाए तो किधर जाए

नई ठोकर को इससे क्या अभी इक चोट ताज़ा है
नये ज़ख़्मों ने कब सोचा पुराना ज़ख़्म भर जाए

जिसे तख़लीक़ में हर लफ़्ज़ को इक शक्ल देनी हो
अगर वो रौशनाई कोरे काग़ज़ पर बिखर जाए

ये घर तारीकियों की ज़द पे जाने कब से है सूरज
अगर कुछ धूप तेरी दिल के आँगन से गुज़र जाए

ज़बाँ की नोक पर भी रख के मत चखना उदासी को
ये ज़हरे-शब् भरोसा क्या, रगो-पै में उतर जाए

मुझे तुम मस'अला अपना बताओ तो ख़िरद वालो!
ये मुमकिन है मिरी दीवानगी कुछ काम कर जाए

बिखरते वक़्त 'शाद' इस फूल कि इतनी से ख़ाहिश थी
जहाँ तक हो सके पहले मिरी ख़ुशबू बिखर जाए

सिर्फ़ जीने के लिये तो रोज़ मर सकता नहीं
ज़िंदगी अब और ये बहुरूप भर सकता नहीं

फिर भला मैं क्या मुसव्विर हूँ अगर तस्वीर में
अपनी मर्ज़ी का कोई भी रंग भर सकता नहीं

देख ले उस शख़्स को रोता हुआ भी देख ले
तुझको लगता था ये शीराज़ा बिखर सकता नहीं

अब तो साहिल की सदाओं ने भी चुप्पी साध ली
जानती हैं डूबने वाला उभर सकता नहीं

जाने अनजाने में तूने कुछ पिया तो है ज़रूर
ज़हर वरना ख़ुद रगों में तो उतर सकता नहीं

मैं, तूने जैसे भी चाहा तुझे गुज़ार गया
तू मुझसे जीत गई ज़िंदगी मैं हार गया

मैं ख़ुश्क पत्तों में ख़ुद को छुपाये बैठा था
वो एक झोंका मिरी आबरू उतार गया

ये किसने मौजे-मुख़ालिफ़ से बेवफाई की
डुबोने आया था मुझको मगर उभार गया

ये बात कैसे बताऊँ मैं बेयक़ीनी को
कि जो यक़ीन था ख़ुद पर वही तो मार गया

मिरे इस जुर्म पर फ़र्दा ख़फ़ा है
कि मेरा रफ़्तगाँ से राब्ता है

जड़ें मेरी बहुत सहमी हुई हैं
नई मिट्टी नई आबो-हवा है

नये घर को सजाने में लगा हूँ
पुराना घर बहुत याद रहा है

ये मैं एहसास से क्यूँ कट चुका हूँ
रगों से ख़ून अक्सर पूछता है

अब आये रात को इसको समेटे
ये सूरज हर तरफ़ बिखरा पड़ा है

रहेगा ज़ोम में कुछ पल ये दरिया
अभी आकर समंदर में मिला है

उसी की आबयारी कर रहा हूँ
मुझे जो दर्द विरसे में मिला है

यूँ बज़ाहिर तो बहुत ख़ामोश सा रहता हूँ मैं
अपने बातिन के ख़ला में चीख़ता रहता हूँ मैं

मेरे सारे ग़म छुपा लेती हैं मेरी पत्तियाँ
देखने वालों की नज़रों में हरा रहता हूँ मैं

ज़ेर कर देती है मुझको वो हवा फिर ख़ाक में
जिसके शानों पर नशे में झूमता रहता हूँ मैं

लोग अपने साये कि तहरीर करते हैं जहाँ
अपने पैकर की पनाहों में छुपा रहता हूँ मैं

राबता रहता है मेरा अपने ख़द्दो-ख़ाल से
आइने से हाल अपना पूछता रहता हूँ मैं

मेरा मसकन फ़िक्र भी है, जिस्म भी है घर भी है
इसलिए तो बेअमाँ हूँ जा-ब-जा रहता हूँ मैं

'शाद' दरवाज़े ही दरवाज़े हैं मेरी ज़ात में
जिसका जी चाहे चला आये, खुला रहता हूँ मैं

कोई कुहराम बरपा हो रहा था
मैं उस आलम में भी सोया पड़ा था

एवज़ में सीपियाँ भी दीं हैं तुझको
अगर कुछ रेत तेरी ले गया था

हवस परवाज़ की पर तोलती थी
बदन पूरी तरह टूटा हुआ था

किया क्यूँ जिस्म से तूने मुदावा
मिरा तो नफ़सियाती मसअला था

हुआ एहसास जब तक गुमरही का
मैं अपना हर सफ़र तय कर चुका

था टपकती थी हर इक पत्ते से छाँव
शजर जब धूप से भीगा हुआ था

कड़ा था इम्तेहाँ नज़्ज़ारगी का
मिरे मद्दे-मुक़ाबिल आइना था

वहीं पर जुरअते-गुफ़्तार की है
जहाँ ख़ामोशियों का दबदबा था

उसी मिट्टी से ताबीरें उगी हैं
जहाँ इक ख़्वाब मेरा गिर गया था

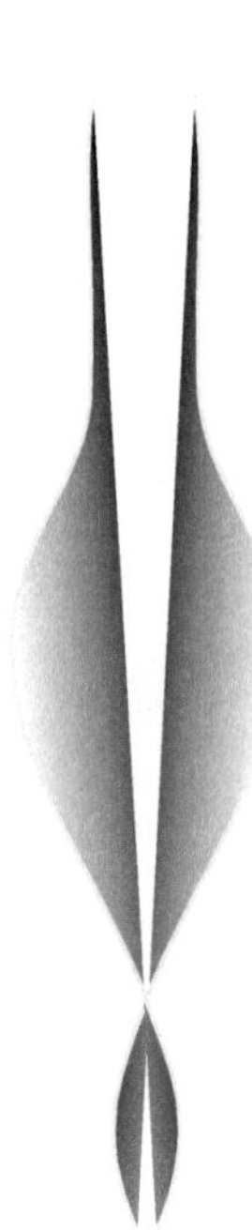

अश़आर

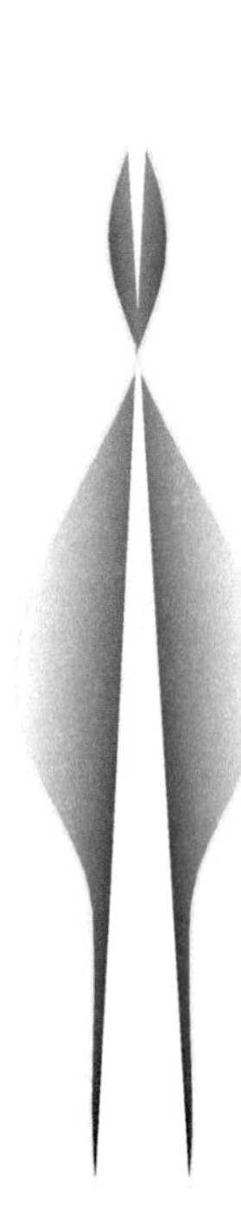

इस क़दर उजलत में मत कर फ़ैसला किरदार का
तू गुज़र कर देख मेरी दास्ताँ से भी कभी

मिरी मर्ज़ी के मुझको रंग दे दे
तो फिर तस्वीर मेरी ज़िम्मेदारी

तू अपने ख़्वाब मेरे नाम कर दे
हर इक ताबीर मेरी ज़िम्मेदारी

मुट्ठी में किर्चियों को ज़रा देर भींच लो
फिर उसके बाद पूछना कैसे जिया हूँ मैं

शीशा हूँ जिसकी परली तरफ़ ज़ंग है बहुत
दुनिया समझ रही है मगर आइना हूँ मैं

मिरा वजूद समंदर में आ मिला है मगर
मैं रह गया हूँ कहीं दूर आबशारों में

इस इश्तियाक़ से क्या देखता है तू मुझको
तू आइना है तुझे क्या कमी है चेहरों कि

अब जो भटक रहा है ये आशुफ़्ता सर बना
किसने कहा था दश्त में दीवारो-दर बना

थकन जो जिस्म की होती उतार भी लेते
तमाम रूह थका दी है इस सफ़र ने तो

इसीलिये मैं उससे बददुआ नहीं देता
दुआ कि बात अगर मान ली असर ने तो

मैंने देखा है हक़ीक़त के समंदर का जलाल
मैं भी ख़ाबों के जज़ीरे पे रुका था कुछ दिन

एक मौजे-मेहरबाँ का मुझपे ये एहसान है
ख़ुद को गर्दिश में, पसे-गिर्दाब रखती है मुझे

गुबारे-फ़िक्र पहले बेज़रर होता था लेकिन
ये लेकर साथ अब दिल की ज़मीं उठने लगा है

इतनी वहशत है कि सौदाई हुए जाते हैं
इतनी तनहा हैं कि तन्हाई हुए जाते हैं

तुमने इक बात कही दिल पे क़यामत टूटी
इक शरर कम तो नहीं आग लगाने के लिये

मैं अपनी मौत पे रोया कहाँ हूँ जी भर के
मिला है वक़्त ही कितना मलाल करने को

'शाद' क्यूँ आते नहीं प्यासे परिंदे इस तरफ़
क्या मिरा पानी समंदर से भी खारा हो गया

ये जिन नज़रों से मेरे अक्स ने देखा है मुझको
इसे कुछ दिल कि हालत का भी अंदाजा है शायद

कैसी बेरंगियों से गुज़रा हूँ
ज़िन्दगी तुझमें रंग भरते हुए

www.ingramcontent.com/pod-product-compliance
Lightning Source LLC
Chambersburg PA
CBHW020758240426
43723CB00083B/1064